詩集　恋はクスリ

鈴木　小すみれ

ボーダーインク

装画「さまよえる手」今村　雄太

目次

恋はクスリ

凪

あるときは　凪の吹かない穴に停《とど》まり
あるときは　嵐の中で地にしがみつき
あるときは　吹雪の中に佇んでいた

ふと見上げれば
どこまでも高く空は笑い
ポカンとした顔をして
あなたが　私をみつめていた

この凪は　何だろう

私に纏わる涼やかなリボン
透きとおるように微かに流れて
私のこの手を引いていく　風

あなたと向かえば湧き起こる
この流れは　何だろう
花びらをのせて
あなたと私を寄せ合い
ひとつに包む　風

あなたと語れば帯びてくる
この流れは　何だろう
花びらは擽り
戸惑う二人を押してゆき

広い景色に投げ出そうとする　風

優しく　優しく吹き上げられて
いつのまにか　拡がる世界
古い巾《きれ》を脱ぎ去り
白い衣を纏った二人
花びらをのせて　澄んだ風と共に
木洩れ陽の中へ

今日　あなたの傍で
私はヒロインになる

夢枕

疲れ果てて
今夜も　枕に頭を沈める
もうひとつの枕を　引き寄せる
あなたの名前をつけて　抱きしめる

不安で眠れない夜に
怖い夢から醒めた夜明けに
私は枕を抱きしめる
あなたの名前を呼びながら
冷たい枕を　抱きしめる

あなたと微笑み合えた日は
ひとりで布団に入っても
私を包む　暖かな余韻
「また今度」って、あなたは言った
その背中を見送りながら
「またあとで」と　私は呟く

夢の中で　また逢いましょう
温まってきた枕は　心地いい

新しく……

憎からぬ彼と　近づき合えたら
新しい下着を　そろえなくちゃ

どんな彩りが　彼を癒してあげられるかしら
いまさらの純白
堂々たる紅
まさかの迷彩
無難な桃色
あくまでも……演出だけど

どんなデザインが　彼を満たしてあげられるかしら

清楚なレース
愛らしいリボン
挑むような光沢
大胆なカット
脱いでしまえば……おんなじだけど

もし　満足に行き着いてしまったなら
また新鮮な誰かを求めて
彼は
アタシの元を　去ってしまうかしら

記念撮影

きれいな景色を、パシャリ
お洒落なレストランを、パシャリ
美味しそうなディナーを、パシャリ

「今日はいい格好」の僕を
「可愛らしい私」を
「ラブラブそうな二人」を……
パシャリ
パシャリ
ピピッ
パシャパシャパシャパシャパシャシャシャシャッ……

過去を振り返る未来のために
思い出を製造したがる　君

恋はクスリ

生きるために　恋をしてきた
私の身体は
元気の素になるホルモンを　うまく出せていなかったから

「若いんだし、そんなに疲れるのはおかしいだろ」

「おまえ、トゥルバヤー*だなぁ」

「アレを食べなさい、コレを食べないからダメなのよ」

「あなたの気の持ちようなんじゃないの？」

家族も友達も　皆さん健康ですから……

身体を引きずって　登校

＊トゥルバヤー＝ぼんやりしていること

みんなが夢を語り合っていた頃
「生きるの　辞めてしまおうかな……」なんて、誰にも言えず
初孫でも長男でもない私を　可愛がってくれる
遠くのばあちゃんだけは　悲しませたくなかったから……

心に鞭打って　出勤
朝は　いつも省エネ状態
お化粧で誤魔化しても
「元気がない！」と、お局様
「可哀想に」と　身体に触れてくる男たち
解ってもらえた気がしないから
「私、そういうのは疲れちゃうの……」

だけど　恋のときめきは良いクスリ

魅力的に見える間は　効き目バツグン！
近づき過ぎたら　効果半減
恋は人を愚かにする　一人に決めると悲劇に向かう
片想いを　消費するの
甘いガムを噛むように……

「あなた、その数値じゃきついでしょう」
その診断に
応える　涙
あれから　20年も経って……

朝になれば目覚めの一錠　身体に元気を送ってくれる
夜になれば眠りの一錠　休んでいいよと告げてくれる

数μgの成分が　この身体を支配する
私の中に息づく自然が　壊れていってしまうのかしら
今日も　コップに白湯を注ぎ
目を閉じて……

エアロビクス・ダンスを踊る　私
ミニスカートでヒールを鳴らす　私
処女作を世に出す　私
人間の身体って　思っていた以上に　物質だった

それでも　心に灯す誰かがいると
やっぱり調子が良いみたい！

接点

いつもの仲間と
呑んで騒いでカラオケで
遅れてきたヤツのために　席をひとつ寄ってみたら
あなたのズボンに
わたしのスカートが
さりげなく……くっついた！

肌と肌とを隔てる　数枚の衣類
動きに合わせて伝わりくる
あなたの　躰の弾力
そこから侵入してきたあなたに

警鐘を打ち鳴らすわたしと
妖しく耳打ちをする
もうひとりの　わたし

こんな　仕方のない状況
少しずつ近づく　あなた
拒まない　わたし
仲間たちには気づかれぬよう
無言をつらぬき
互いの視線をかさねず
確信さえ持てないまま

おぼつかなく保たれる
二人の秘密

詩のつくり方

私は　口下手
気の利いた言い回しも
ぴしゃりと返す一言も
ちゃんと　その場で効かせたいのに
鈍クサくって　チャンスを逃す

ひとりの小部屋で
キィボードを無心に打ちつけ
真っ白い紙の庭に　想いたちを放してやる
どんなタブーも許される　眩しいステージ
八つ当たりさえ赦される　平たいサンドバッグ

静かな小部屋で
私は今日も　詩を書いている
白い画面の上で生きたまま解剖される　心
ほとばしる言葉の飛沫
「魚拓に似ているなぁ……」と
そいつを眺めて苦笑い

静かな小部屋で
〈私は今日も、死を……〉
変換ミスして、ドキッ
こわい言葉が　ときに甘く誘いかけてきて
ふと　立ち止まってしまいそう……
ドタタタ　バタタタ

足あと散らして
今日もまた　詩ができあがる

言葉のお寺で「詩」という字
高尚な境地に昇るべく
己と向き合い　言葉を極めん！
そんな格好の良いことはない
私には　いつだって駆け込み寺
「やっぱり生きていたいのよぉ」と
ぽろぽろ　ぽろぽろ言葉がこぼれる
いつも黙って聴いてくれる
真っ白い紙の和尚さん

こわ～い話

これから夜勤の同僚に
こわ～い怪談タップリ聞かせて
「おっ先に～」と、ニヤニヤ退勤

帰り道　思い返す
今日　先パイから聞いた話

むかしは歌姫　ナンバーワンの踊り子
胸をツンと張っては　男たちをコロガシまくり
70を過ぎて　このホームに流れ着いた先パイ

「あんたも　歳をとったらねぇ
おっぱいが垂れて　おなかの上に乗っかるのよォ」

出くわすかわからない幽霊よりも
いつか　わが身に訪れる現実

お気楽な一人暮らしが
心細くなる一瞬

線

新しく出会う人を　憶えてくれない彼女
佐藤さんも
鈴木さんも
五十嵐さんも
みんな　憶えてもらえない

昔の話は　笑顔で何度も話してくれる
齢八十をとうに越え
警戒の螺子が　弛んだらしく
おおらかに人を集め
輪をつくりたがる彼女

それでも、新しい人ならば
比嘉さんも
下地さんも
具志堅さんも
次の日には
みんな等しく忘れている

いつでも何度も　自己紹介
「あんた、ウチナーンチュ*？」
そうよぉ
「あんた、本土の人のお嫁さん？」
そうよぉ

*ウチナーンチュ＝沖縄の人

「あんた、ナイチャー*なのね?」
そうよぉ
毎日変わる　私の自己紹介

それでも　笑顔で迎えてくれる
ひとたび線で隔てても
その両端をつなぎ合わせ
冷やっこい指先と　懐っこい眼差しで
中へと　導き入れてくれる

「あんた、顔はシマー*だねぇ」
私の気にしている　太い眉をみつめて

＊ナイチャー＝沖縄県外の人を指す言葉
＊シマー　　＝沖縄、沖縄の人などを指す言葉

笹舟

かなちゃんの家のそばには
大きな竹と　小さな川
いつも二人で笹舟編んでは
小川に流した　幼稚園のころ

ごつごつ小石にぶつかっては
遠くを目指す　小さな舟たち
お日さまの見守る川面

かなちゃんが呟く
わたし　ほんとうは双子だったんだって

わたしが
もうひとりの赤ちゃんを　けったから
その子は　死んじゃったんだって……

かなちゃんのお母さんは
いつも　お経を唱えていた

幼すぎた私は
進路に迷う自分の舟を
むずむずしながら応援していた

あの時
かなちゃんの笹舟は
重たい荷物を積みながら

広い海へ　行きたかったのかもしれない

緑色の二つの舟は
ときどき停まりながらも
少しずつ進んでいき
どこかへ　流れていってしまった

いつだって

いつも　いつも
がんばっていた
おかあさんに　ほめてもらいたくて
こんなに　こんなに
がんばっているのに
いつだって
こわいおかおの　おかあさん

さっさとしなさい！
ほら、こぼさない！
あんたを見ているとイライラする！

がんばって　がんばっても
なんだか　つかれちゃうよ
どうしてこんなに　がんばらなくちゃいけないの

それでも
こわいおかおは　かなしいから
おなまけさんじゃ　くやしいから
いっしょうけんめい　がんばって
つかれてしまって　みあげても

甘えるんじゃないの！
どうしてわからないの！
牛や馬のように叩かれたいの！

どんなに　どんなに伝えたくても
いつだって
きいてくれない　お母さん
それでも
私のお母さんは　この人なのだから……
私は　ガマンの顔になる

私のからだは
この人と　同じ形をしている
大きくなったら　私も
こわいお顔に　なっちゃうのかしら
もしも　お母さんにならなければ
私は

私のまんまで　いられるのかしら

母によく似た上司の下で
シゴトに燃え尽きてしまった私に
精密検査の結果が届いた

ノドの傍に　ちょこんと付いている
リボンの形をした
小さな　小さな臓器が
ほんの少しの大事な粒を
うまく出せないでいるそうだ

チカラの素になる

ほんの小さな粒が　足りなくて
素早く動いたり
すぐに導き出したり
明るく元気でいられることが
どれもこれも　できなかった

一生懸命がんばっても
いじわるな神様の　悪戯のせいで
そのリボンは
いつだって
諦めることしか　許してはくれなかった

いつも　いつも
お母さんに褒めてもらいたくて

あんなに　あんなに
がんばってきたのになぁ

どんなに　気づいてほしくても
何にも聴いてはくれなかった
忙しいばかりの　お母さん

あくむ

こわいゆめから　目がさめる
さめたはず　だったのに
おとうちゃんと　おかあちゃんの
こわい大きな声がする
毛布かむっても　さむくて　さむくて
目をつむったら　またこわいゆめ

そんなにけんかをするんなら
けっこんなんか　しなきゃよかったのに

追い回されて　目が覚める
覚めたはず　だったのに
父さんと　母さんの
どなり合ってる声がする
布団の中から出られずに
怖い夢へと　後戻り

そんなに毎日ケンカなら
ケッコンなんて　したくないよ

殺されかけて飛び起きる
醒めたはず　だったのに
父と母の　責め合う声

布団で世界を閉ざしても
いつまでも　終わらない
仕方なく　悪い夢へと引き返す

そんなに喧嘩がやめられないなら
結婚なんか　してやるものか
きれいな花嫁姿も
かわいらしい孫の顔も
絶対に、見せてあげないいんだから！

バカヤロウ！

5時の門限　やぶって帰ると
きょうだいげんかが　うるさくなると
いつも額に飛んできた
オジィの　大きな
「バカヤロウ！」

お母さんがおっかないのは
きっと　オジィを真似しているのよ
オバァのような　おとなしい人生はつまんないから
オジィのような主人公に……

鈍クサい運転しても
専門学校やめた時も
いくつになっても飛んでくる
オジィの　いつもの
「バカヤロウ！」

お見舞いに行けなかった夕暮れにも
独身で迎えた　三十路の誕生日にも
ホスピスの個室に独り
私のことを案じながら
オジィはきっと……

オジィの瞳が開いて停まり
息をしなくなり
もう何も言わなくなった　あの夜
最後に叱ってくれたのは……

今でも時々落ちてくる
オジィの　いつもの
「バカヤロウ！」
怪しい誘いに揺らぐ時
時計が催促している時
オバァを　放ったらかしにしている時も
私を　守るために

私を　育てるために
もう後悔はさせないように

空の向こうから　微かに響いてくる
あったかい
「バカヤロウ！」

大きくなった私、小さくなったオバァ

オバァの家でお夕飯
ぼてぼての天ぷらと
ポークの入ったライスカレー
オバァの家にお泊まりしたら
朝は必ず　ラジオ体操！

今、同じ食卓に着いて
私がつくった日曜のお昼を
オバァと一緒に　いただきます
テーブルにこぼれたおかずも

前掛けについたご飯粒も
指でつまんでは　口に運んで
オバァは　ヨンナー　ヨンナー*
薬がのどを通るまで　見守っているからね

どんなに呆けても
オバァは　他人《ひと》のことばかり心配する

オジィはいつも　応接間に君臨していた
*三時茶《ヂャー》を運ぶ途中
お茶請けを　落としてしまうと
「落ちたものは　女が食べるの。
男にあげてはいけないよ」と
オバァは　いつも言っていた

＊ヨンナー＝ゆっくり
＊三時茶＝三時のお茶

オジィが後生《グソー》へ逝ってから
萎むように小さくなってしまった　オバァ

ねぇ、オバァ
もっと　元気になってしまっても良かったのよ……

螺子巻きの掛時計は
呑気に振子を揺らしながら
昭和の響きで　時を流す

一生のお願い　——あの日、福島にいた両親へ——

どんな姿になっても　生きていてください
また　会えるように
また　言葉を交わせるように
かならず　生きていてください

私はまだ　何も返しておりません
あなたたちが与えて
あなたたちが守って
育ててくれた　この生命《いのち》について
まだ　何も返せていないのに

テレビの向こうで　何もかもが崩れている
大きな波が襲ってきて
家が　人が　流されていく
原子力発電所が煙を上げて
得体のしれない何かが　静かに流れ出している

嘘であってほしいのに
悪い夢であってほしいのに
ニュースとして　流されている
どの局も「緊急事態」と伝えるばかりで
どうしていいのか　わからなくて
……わからなくて

お願いです

お願いです
今までのことは　謝ります
どんなにしてでもお詫びします
だから　どうかお願いです
生きて　帰ってきてください

ニュースを消すこともできず　見続けることもできず
何にも　食べられなくて
夜は　いつまでも眠れなくて
あなたたちが
どうしているのか　わからないから
知りたいのに　知りたくなくて
どうしていいのか　わからなくて

……わからなくて

まだ　何の感謝も伝えていないのに
どうか　逝ってしまわないで
私を置き去りにしないで
かならず　かならず
生きて　帰ってきてください
どんな姿になっていても
せめて　もう一度
生きて　会いたいから
会いたいから

平成24年4月5日（木）
平成23年3月11日（金）を振り返って

消えた桃

蛇口をひねれば　そのまま飲めた水
米はかがやき　美酒も豊富で
桃や林檎は蜜を帯びて
魚ぎらいの私でも　海の幸には箸を伸ばした

海をはるかに隔てても
よそ者め、と指さされても
隠れ家を　胸に秘め
この島で生まれ育った

南国のスーパーにも

夏になると　桃が並んだ
ふるさとから来た　艶やかな果実を
誇らしく　眺めていた

海の向こうの　桃源のふるさと
日々の暮らしを静かに営む
うつくしまの聡き人々
裾野に招く　笹の葉擦れ
立ち上る　虫たちの唄
囁きかける　清き流れ
大自然の静寂

大地震が起きた　あの日

暗闇色の大きな波が
遠慮もなしに　向かってきた
家も　人も　思い出も
濁る不気味な大腕で
捥ぎ取って　行ってしまった

煌めく都会に　便利を送るために
小さな粒から電気を造る
あの工場が　壊れてしまった
見えない毒が　そこから静かに拡がり行き
誰にも止められない
「絶対に安全です」と、高らかに謳っていた口は
今でも　真実を語らない

ふるさとの桃が　消えた
スーパーの果物売り場には
他県産の桃ばかりが
大きな表示で言い訳している

夏の便りの桃が　今年も届いた
お裾分けにと勧めたら
「福島の?」と、眉をひそめるあの人たち

家に帰れば　くやしい涙
美しかったふるさとが
あんな形で
あんな形で名が知られちまって

今は異国の人でさえ
「フクシマ、ＦＵＫＵＳＨＩＭＡ」と
テレビの向こうで容易く呼ばわる

あの人たちは　知らない
今は　恐れられている地域が
元は　美しかったことを

水はどこまでも清ぐって
人々は誇りを秘ンめでいだごどを
あン人だヅは、何にも知《す》ンねんだ

平成23年9月19日（月）12時半

静かに

「がんばれ」だなんて　もう言わないでくれ
「ありがとう」だなんて　もう言わせないでくれ
言葉なんか　もうたくさんだ

「シエン」「ジゼン」と謳いながら
あんたの名前を売り広めるのは
もう　やめてはくれないか
僕の大事な故郷に　靴の跡をつけるのは
もう　やめてはくれないか

お悔やみのアイサツだなんて　言い広めて突っ立ってないで

黙って　瓦礫を起こしてくれよ

ここの下に　あの人が
眠っているかもしれないんだ
きっと見つけてくれるはず、と
待っているかもしれないんだ

目を閉じて
耳を澄まして
僕の呼ぶ声を　探しているかもしれないんだから
もう　静かにしてくれよ

平成24年1月29日（日）0時半

楽園

ニライカナイ
ティル・ナ・ノーグ
桃源郷
隠れ里
各地に伝わる理想郷

「この島に住みたいなぁ」と　君は呟く
あたたかな旅の記憶を頼りに
南国の風に包まれて
大らかな人々に囲まれて

ゆったりと　のんびりと
コダワリなんか脱ぎ捨てて……

「ここには　ここの日常があるよ」と　私は返す
この社会に住んでいるのも
みんな　人間なんだから

Okinawaを鬻《ひさ》ぐ通り
そこに並んでいるモノは
膨らまされて　飾り付けられた
「島らしさ」の断片

額を出した青年たちが　方々から声をかけ
次から次へと　品を差し出す

麦藁帽子の旅客たちは
陽射しに慣れない無防備な肌を
南国模様の裾から曝け出して……
アジアの会話
廉価の値札
拓かれながら閉ざされていく
最果ての島

真っ直ぐな通りの途中で　道に迷う
北と南の二つの血は、私の中で溶け合わない

この島を閉ざしている
美しい海の　遥か向こうに
幻郷を描いた先人たち

どこかに在るかもしれない　楽園
隣の芝は　青く青く見えるから

生まれ育った島に　背を向けて
海の彼方を望む私も
そんなふうに出来ている
それだけのこと、なのでしょうか

「どこか遠くへ　越してみたい」
刺すような陽射し
暗すぎる影
過去に　容易く引き戻される
世間が　あまりに狭すぎる
どこかにあるはずの故郷を求め

この地に在って　望郷に暮れて

北国を訪れ
紅葉を眺め　和食を味わう
恥じらいながら浸かる温泉
白く滑らかな肌をした　地元の女たち
私の肌には
日焼けの痕　しぶとい体毛
土地の言葉がわからなくて
おしゃべりについていけない
異邦人のような私

開けっ広げの真っ赤な花を
伸びくたびれた髪に挿し

眩しい海へと　駆けていく君
「やっと解放されたよ」と、無邪気な水しぶき
すっかり濡れた衣服に　肌に
新北風《ミーニシ》＊が……冷たいね

純白の雪野原
私は大の字に身をうずめ
絡みついたものたちを　空へと放つ
清算を夢見る心地で　流れ星を探す
住人たちは、こぼしていた
「もう雪なんて、うんざりよ」

真逆の土地に想いを馳せて
背を向け合った　君と私

＊ミーニシ＝旧暦八月の白露の頃に吹く北風。

互いの胸の羅針盤《コンパス》は
同じ方向を　指しているのでしょうか

ネリヤカナヤ
エル・ドラード
蓬莱
来世
海の底に　身は投げず
海の彼方へ目を上げて……
苦しい民の　哀しい知恵

たぶん、そんなふうに出来ている
離れ愛《ガナ》さを　知るからこそ

いつか

いつか　握りしめた拳を解いて
澄んだ空へ　放つ日が来る
いつか　凍てついた胸の奥が
あたたかい涙となって　すべてを洗いつくす時が来る
いつか　きっと

怒りは虚空をさまよい　悲しみの帳に覆われ
羽ばたきの朝は　まだ来ないけれど

べったりした同情なんて、いらない
本当は

自分の足で立ち　自分の力で歩きたい
これまでのように

「がんばれ」「がんばろう」
励ましの言葉　支援の品々
その一方で
「放射能、こわい」という囁き
離れていく人たち　遠巻きに見ている人たち

頭を下げて　お礼を言うしかなかった日々も
疲れ果てて　キレイゴトさえ言えなくなった夜も
いつか……

平成24年1月2日（月）正午

もう少し

私が倒れてしまっていては
倒れた誰かを起こそうなんて、できやしない

だけど
私の身に　それがなかったなら
倒れた人の気持ちなんか　きっとわからない

助け起こしてほしいのか
見守っていてほしいのか

すっかり走り疲れてしまって
今は　何も背負えない
傷ついた身体を横たえて
もう少し　空をながめていよう

私が何にも望まなくても
星は回り
風は移ろい
私の胸も拍を打つ

精いっぱいの日々の中
少しだけ　立ち止まって
その静かなる響きに
当たり前の不思議を感じていよう

生きている
生かされている
たぶん　そこには意味があって
いつか気づくのを楽しみに

もう少し休んだら
また　立ち上がろう

平成24年3月9日（金）

わかれ道

あなたのことを
これから　好きになるはずだった
会話が熟し
少しずつ近づいて
ゆっくりと　肩が触れ合って
——　さっきまでは

だけど、私はみつけてしまった
傷ついた故郷を振り切って
決めた道を突っ走る
そうするしかない　彼を

遠い家族を胸に秘め
汗と涙の境を忘れ
力いっぱい前へと進む　彼を

あなたのことを
嫌いになったわけじゃないの
彼に寄り添い　支えたくなった
——今　突然に

勝手というなら、言えばいい
どんなふうにも詰《なじ》ればいい
私が悪いというのなら
そうでもいいし

それで　いい

あなたは
温かい食事で　お腹を満たす
家族と　気だるく言葉を交わす
守られた家から　出ようとはしない

彼の　やるせない肩を抱き
熱い汗と涙を浴びて　温もりで包みたい
独り闘う彼を

東北の血潮が　二人の中で呼び合う
あなたには　わからない
何がそうさせるのか

知らなくていいし
それで　いい

彼とともに雨に打たれ
向かい風を額で押して
一緒に前を目指したい

ひた走る彼の　放っておけない背中
どうしても倒れてほしくなくて……

だから
私は　あなたに背を向けるしかないの

平成24年1月4日（水）21時半

素《イド》

どんな人の前に出ても
違う顔の私になる
どんな人の前であっても
違う仮面を被った私が　そこに居る

誰かの傍に居る時の私は
誰かの前の私に過ぎない

息をひそめて存在する
私でさえも　目を背けたくなるような
深くて大きな　私の一部

心を裸にすることは　できない
私自身に対して　恥じらう私が存在するから

たぶん　私自身によっても
私のすべてを視ることはできない

あとがき

30代になって甲状腺の病気がみつかり、数年の服薬治療を経てやっと人並みの健康に近づいた。「10代の頃には症状が出ていたのに。もっと早く見つかっていたら……」と悔やまれるが、遅くても自分なりの花を咲かせたいという気持ちから、今回の出版に踏み切った。

物書きにとっての紙は、役者にとっての舞台と同じように私は考えている。そこは等身大の私だけでなく、異なる性格や性別、年齢、さらに人間を離れた別の何かになって表現できる自由が保障されている。

作品を自分だけのものにしているうちはどんな自由も許されているが、発表することに不慣れな私は、いざ出版となると読み手への影響や反響、「書いた人の責任」の重みに不安やためらいを強く覚えるようになった。その一方で、自分の作品が読み手の心にどのように響くのか好奇心も高まり、「悪戯っぽい言葉を仕掛けてみようか」と、遊び心を抑えきれない場面もあった。

「詩集」という単位の作品を編集や画家の方とともに創り上げていく過程は、学ぶところが多く、とても充実していた。詩の選別や掲載順を考える中で、1篇ずつの詩では表しきれない部分を他の詩が補い合う面白さに気づかされた。

東日本大震災と福島第一原子力発電所の事故から約2年の間、東北地方にルーツをもつ私は、揺れ続ける心をどうにか平常に保とうと詩を書き続けた。発表を勧められることもあったが、最終的には慎重姿勢でいることにした。いろんな想いに耐えている現地の人々から感じられた一触即発の空気感を前に、被災しなかった私の言葉はどこか虚しかった。

今年の3月11日、年度末の繁忙を押しきって仕事を休み、東北の地で5年目を迎えてきた。忘れてしまいたくても忘れられないほどの大きな出来事であったはずなのに、現地でさえ記憶の風化が叫ばれていたため、この詩集に載せることを決めた。

今回の出版にご協力をいただいた喜納えりか様を始めとするボーダーインクの皆様、本の顔となる装画を手掛けてくれた画家の今村雄太様、数年前から詩についてのアドバイスをくれた田幸亜季子様、D・T様、C・I様、そして無名の私に詩集の出版を勧めてくださった詩人の岸本マチ子先生に、心からの感謝を捧げます。

平成28年9月

鈴木　小すみれ

鈴木　小すみれ（すずき・こすみれ）

一九七九年生まれ。沖縄県浦添市出身。那覇市在住。
沖縄国際大学文学部社会学科卒業。
三十代になって詩作を始める。
第八回おきなわ文学賞詩部門にて佳作を受賞。

詩集　恋はクスリ

2016年9月30日　初版第一刷発行

著　者　鈴木　小すみれ
発行者　宮城　正勝
発行所　（有）ボーダーインク
〒902-0076　沖縄県那覇市与儀 226-3
tel.098（835）2777　fax.098（835）2840
印刷所　でいご印刷
ISBN978-4-89982-306-3